THE THREE LITTLE PIGS

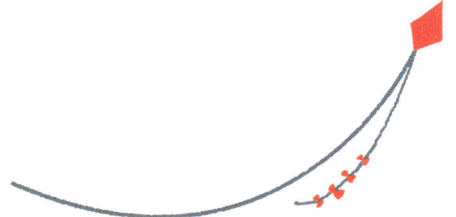

LOS TRES CERDITOS

Originally published by Children's Press, an imprint of Scholastic Inc., as
The Three Little Pigs: A Story About Patience

Copyright © 2020 by Scholastic Inc.
Spanish translation copyright © 2025 by Scholastic Inc.

All rights reserved. Published by Scholastic Inc., *Publishers since 1920*. SCHOLASTIC, SCHOLASTIC EN ESPAÑOL, and associated logos are trademarks and/or registered trademarks of Scholastic Inc.

No part of this publication may be reproduced, stored in a retrieval system, or transmitted in any form or by any means, electronic, mechanical, photocopying, recording, or otherwise, or used to train any artificial intelligence technologies, without written permission of the publisher. For information regarding permission, write to Scholastic Inc., Attention: Permissions Department, 557 Broadway, New York, NY 10012.

This book is a work of fiction. Names, characters, places, and incidents are either the product of the author's imagination or are used fictitiously, and any resemblance to actual persons, living or dead, business establishments, events, or locales is entirely coincidental.

ISBN 978-1-5461-4799-2

10 9 8 7 6 5 4 3 2 1   25 26 27 28 29

Printed in U.S.A.   40
First bilingual edition 2025

THE THREE LITTLE PIGS

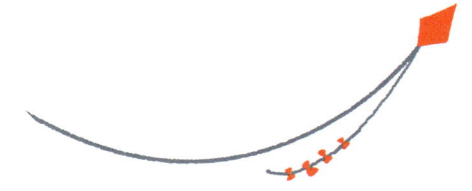

LOS TRES CERDITOS

Adapted by / *Adaptado por*
Meredith Rusu
Joana Costa Knufinke

Illustrated by / *Ilustrado por*
Beth Hughes

Scholastic Inc.

Once upon a time, there were three little pigs who lived with their mother in a tiny cottage. Their mother loved them very much, and she tried her best to teach them to be generous, hardworking, and patient.

Había una vez tres cerditos que vivían con su mamá en una cabañita. Su mamá los quería mucho y hacía todo lo posible por enseñarlos a ser generosos, trabajadores y pacientes.

kite
la cometa

But the three little pigs had very different personalities.

Pero los tres cerditos tenían personalidades muy distintas.

The littlest piggy was playful and spent the whole day playing.

El cerdito más pequeño era juguetón y se pasaba todo el día jugando.

littlest piggy
el cerdito pequeño

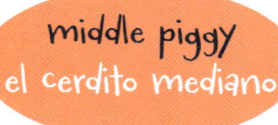

middle piggy
el cerdito mediano

The middle piggy was a little lazy and spent the whole day looking at the clouds.

El cerdito mediano era un poco perezoso y se pasaba todo el día mirando las nubes.

But the oldest piggy was hardworking and patient. He spent the whole day building gadgets to help around the cottage. Whenever his brothers teased him, he would say: "Important things are worth being patient for."

Pero el cerdito mayor era trabajador y paciente. Se pasaba todo el día construyendo cosas para ayudar en la cabaña. Cada vez que sus hermanos se burlaban de él, decía: "Si es importante la meta, más vale tener paciencia".

One day, their mother told them it was time for them to go live on their own. So, the next morning, the three little pigs said goodbye and promised to be generous, hardworking, and patient.

Un día, la mamá de los cerditos les dijo que era hora de que vivieran solos. Así que, a la mañana siguiente, los tres cerditos se despidieron y prometieron ser generosos, trabajadores y pacientes.

straw house
la casa de paja

As soon as they left, the littlest piggy gathered some straw and built a house as quickly as he could. Once he finished, he went back to playing.

Tan pronto se marcharon, el cerdito más pequeño recogió un poco de paja y construyó una casa lo más rápido que pudo. En cuanto terminó, se puso a jugar de nuevo.

The middle piggy did the same. He picked up some sticks and built a house in a hurry. Then, he lay down on the grass and started looking up at the clouds.

El cerdito mediano hizo lo mismo. Recogió unos palitos y construyó una casa deprisa. Luego, se acostó en la hierba y se puso a mirar las nubes.

house of sticks
la casa de palitos

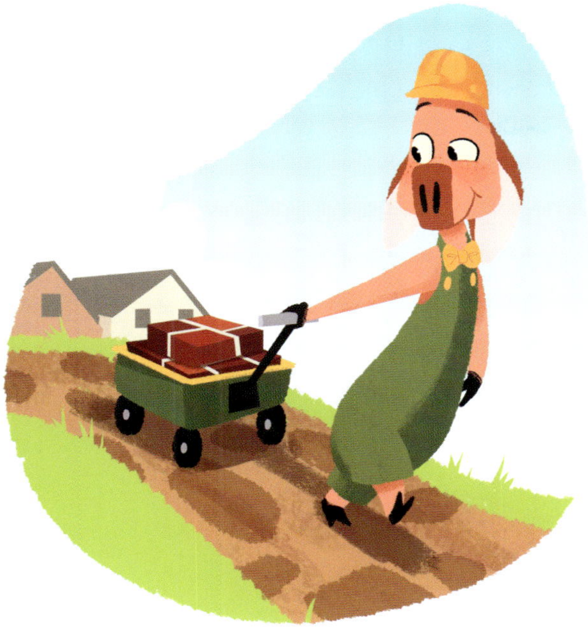

But the oldest piggy took all his time. First, he patiently chose the place where he was going to build the house. Then, he looked for materials.

Pero el cerdito mayor se tomó todo su tiempo. Primero, escogió pacientemente el lugar donde iba a construir la casa. Luego, buscó los materiales.

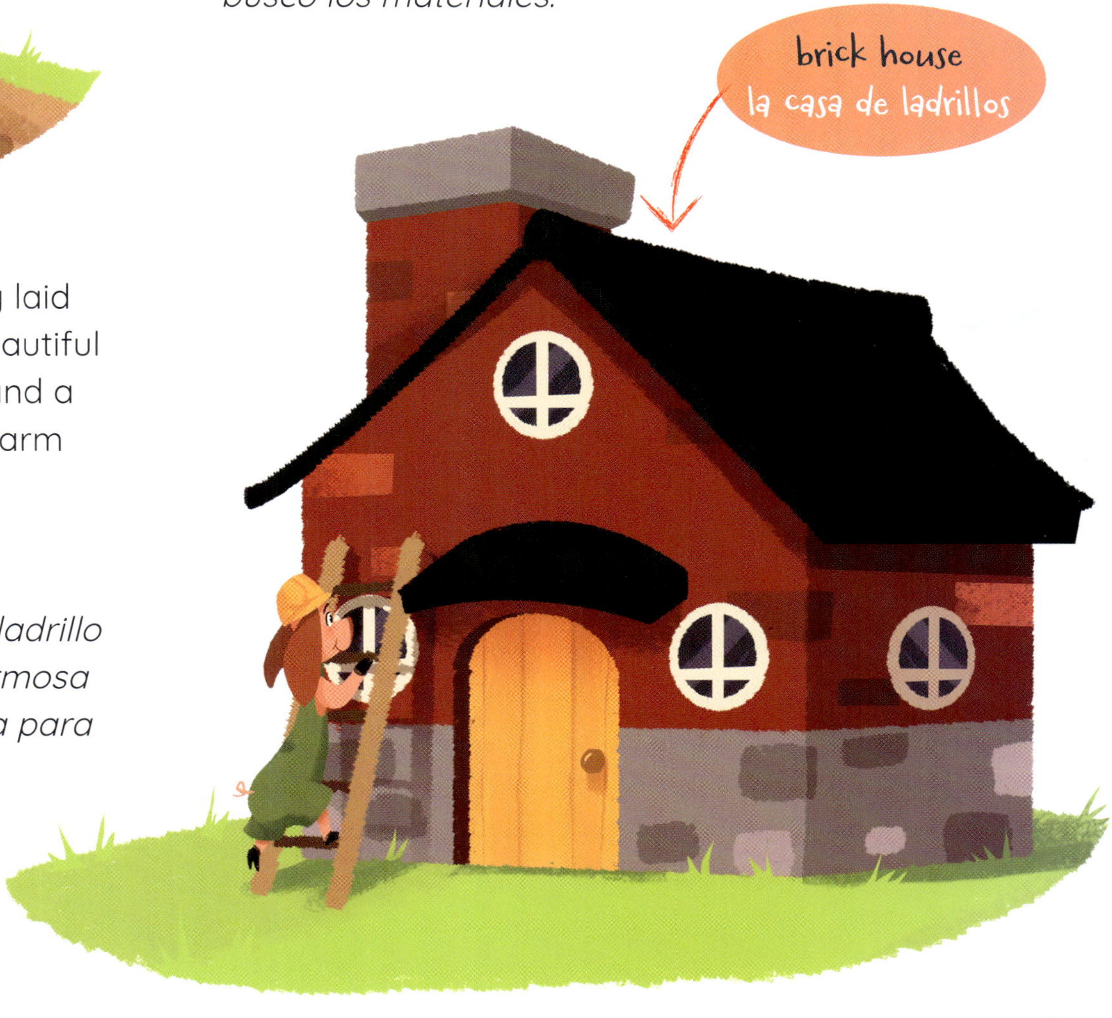
brick house
la casa de ladrillos

Finally, he carefully laid each brick to build a beautiful house with a chimney and a fireplace to keep him warm in winter.

Por último, colocó cuidadosamente cada ladrillo hasta construir una hermosa casa con una chimenea para calentarse en invierno.

Not much time had passed when a hungry wolf came by.

No había pasado mucho tiempo cuando por allí pasó un lobo hambriento.

That day, the littlest piggy was outside playing as usual. As soon as he saw the wolf, he ran and hid in his straw house. But the wolf did not go away.

"Little pig, little pig, let me come in," said the wolf.

"Not by the hair on my chinny-chin-chin!" replied the littlest piggy, trembling.

"Then, I'll huff, and I'll puff, and I'll blow your house in!" cried the wolf.

And he did!

Ese día, el cerdito más pequeño estaba afuera jugando como siempre. En cuanto vio al lobo, corrió y se escondió en su casa de paja. Pero el lobo no se marchó.

—Cerdito, cerdito, déjame entrar —dijo el lobo.

—¡Ni por asomo te dejaré pasar! —respondió el cerdito más pequeño, temblando.

—¡Pues soplaré y soplaré, y la casa derrumbaré! —gruñó el lobo.

¡Y así lo hizo!

The littlest piggy raced to his brother's house made of sticks. Once he was inside, the pigs quickly slammed the door. The wolf stomped up to the door.

El cerdito más pequeño corrió hacia la casa de palitos de su hermano mediano. Una vez dentro, los cerditos cerraron la puerta de golpe. El lobo se acercó a la puerta.

"Little pigs, little pigs, let me come in!" said the wolf. He was now twice as hungry.
"Not by the hairs on our chinny-chin-chins!" replied the little pigs, trembling.
"Then I'll huff, and I'll puff, and I'll blow your house in!" cried the wolf.

—Cerditos, cerditos, déjenme entrar —dijo el lobo. Ahora tenía el doble de hambre.
—¡Ni por asomo te dejaremos pasar! —respondieron los cerditos, temblando.
—¡Pues soplaré y soplaré, y la casa derrumbaré! —gruñó el lobo.

And so he did!

With a single blow, the house of sticks crumbled down to the ground. The two little pigs ran to their big brother's brick house. But the wolf ran after them.

¡Y así lo hizo!

Con un solo soplido, la casa de palitos se derrumbó. Los dos cerditos corrieron hacia la casa de ladrillos de su hermano mayor. Pero el lobo corrió tras ellos.

window
la ventana

"Little pigs, little pigs, let me come in!" said the wolf, starving.
"Not by the hairs on our chinny-chin-chins!" replied the oldest piggy.
"Then, I'll huff, and I'll puff, and I'll blow your house in!" cried the wolf.

—Cerditos, cerditos, déjenme entrar —dijo el lobo, muerto de hambre.
—¡Ni por asomo te dejaremos pasar! —respondió el cerdito mayor.
—¡Pues soplaré y soplaré, y la casa derrumbaré! —gruñó el lobo.

And so the wolf huffed!

¡Y el lobo sopló!

And he puffed!

¡Y sopló!

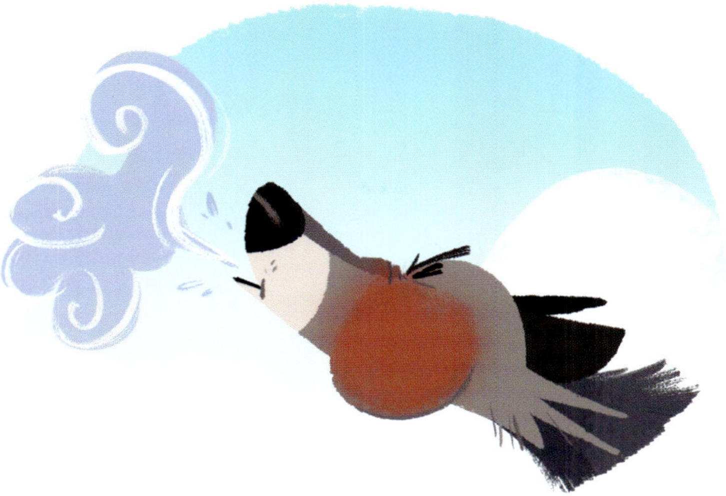

And he huffed and he puffed and he huffed and he puffed!

¡Y sopló y resopló y sopló y resopló!

But the house didn't topple.

Pero la casa no se derrumbó.

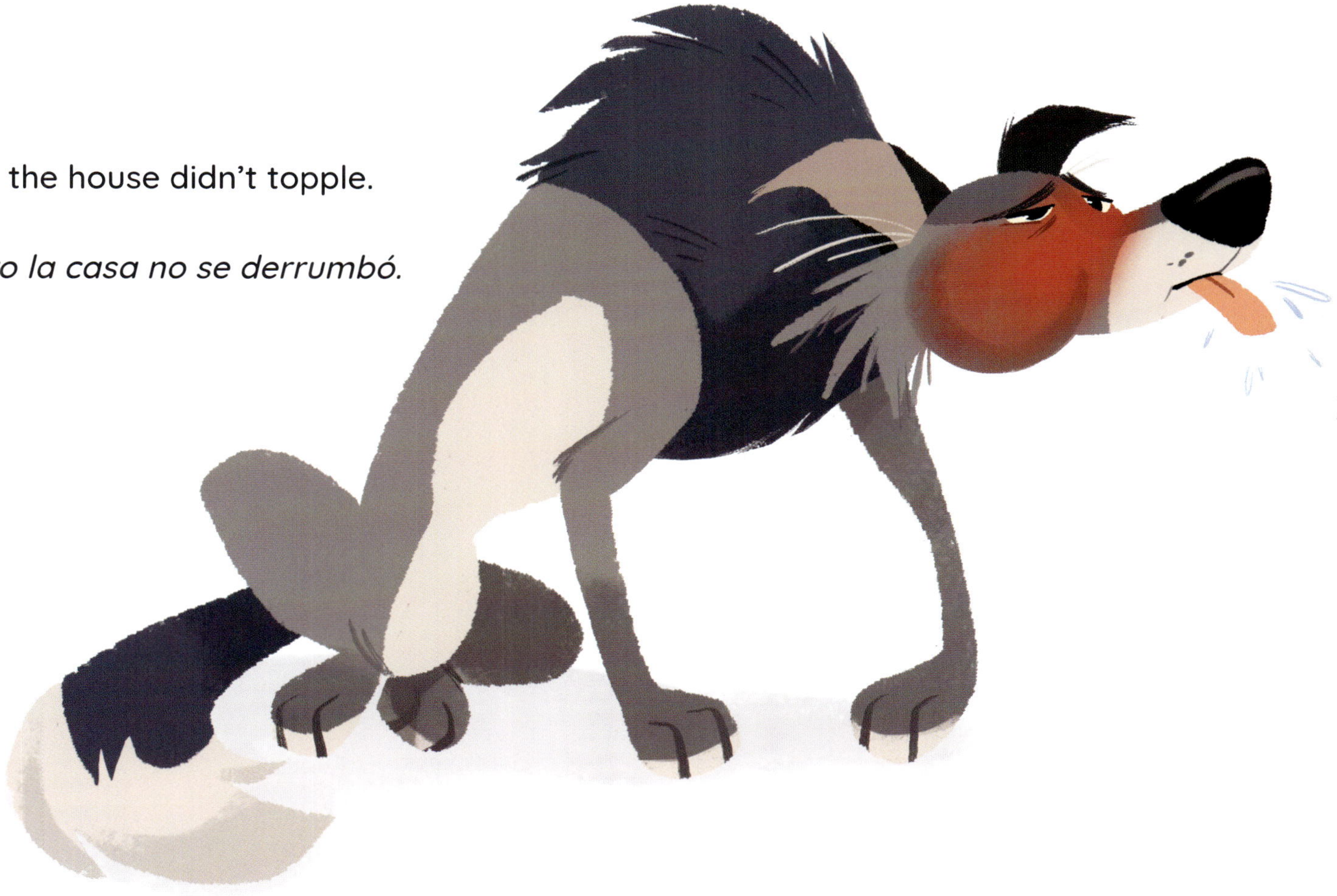

"No matter," the wolf growled. "I shall wait for you to come out, and then I will gobble you all up!"
The two younger piggies were scared to death.
"What are we going to do?" they asked.

—No importa, —gruñó el lobo—. Esperaré a que salgan y los devoraré a los tres.
Los dos cerditos menores se morían de miedo.
—¿Qué vamos a hacer? —preguntaron.

"I have an idea," the oldest piggy said.

First, he gathered all the vegetables he had in his pantry. Then, he simmered a delicious stew over a roaring fire in the fireplace.

—¡Tengo una idea! —dijo el cerdito mayor.

Primero, reunió todas las verduras que tenía en la despensa. Luego, puso a cocer un delicioso guiso a fuego lento en la chimenea.

stew
el guiso

Outside, the wolf sniffed the delightful scent of both the stew and the pigs. Without thinking, he clambered up to the roof. He was planning to enter the house through the chimney and devour the pigs before they could escape.

Afuera, el lobo sintió el delicioso aroma tanto del guiso como de los cerditos. Sin pensarlo, se subió al tejado. Planeaba colarse en la casa por la chimenea y devorar a los tres cerditos antes de que pudieran escapar.

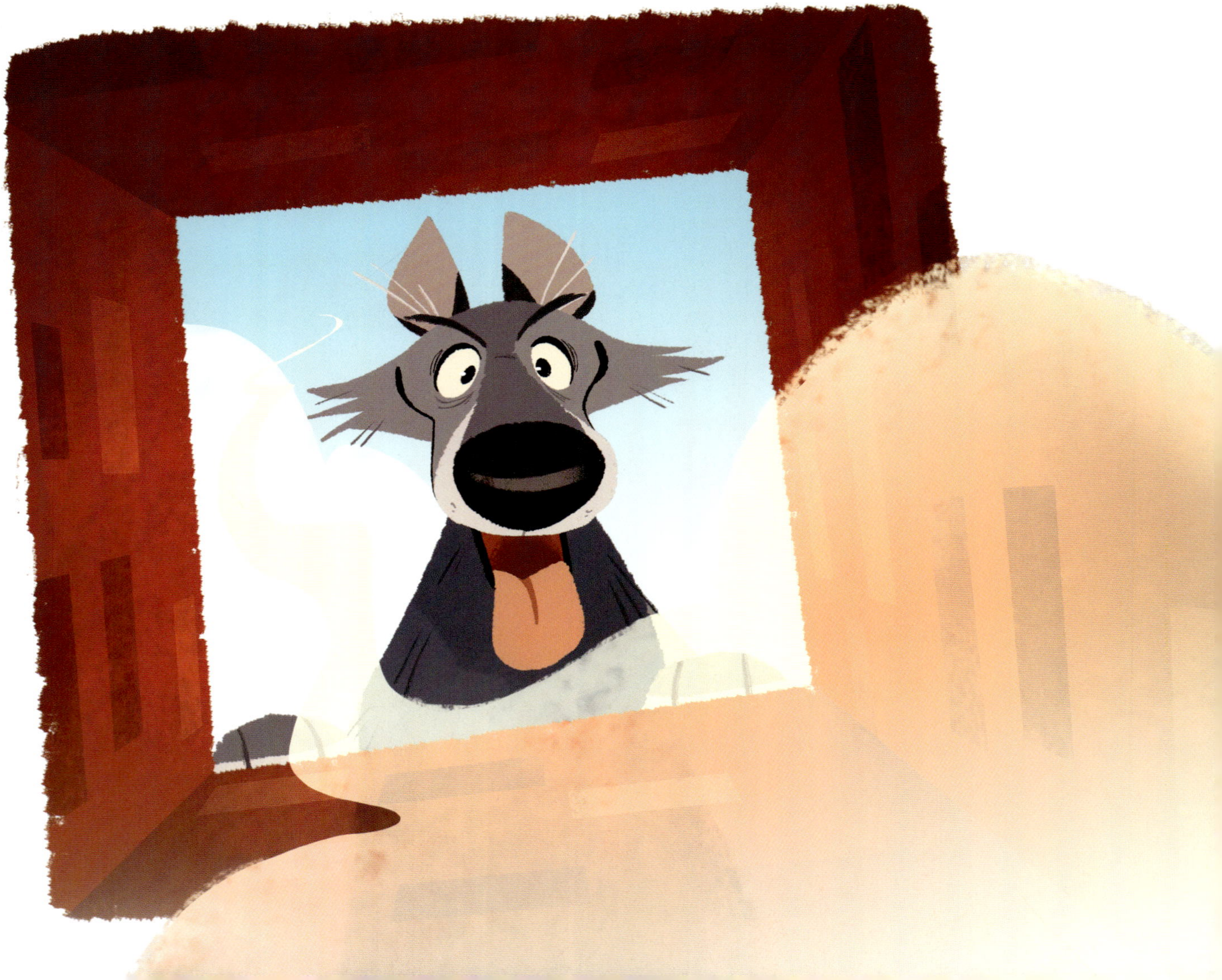

But as soon as he dropped down the chimney, he realized his mistake . . . because he landed right in the boiling stew!

Pero cuando se dejó caer por la chimenea, se dio cuenta de su error... ¡porque aterrizó justo encima del guiso hirviente!

"YEEEEEEEEEEEEOUCH!" howled the wolf in pain.
And he ran away with his tail smoking and never, never, never came back.

—¡AAAAAAAAAAAAAAYYY! —aulló el lobo de dolor.
Y salió corriendo con el rabo echando humo y nunca, nunca, nunca más volvió.

"Thank you," the two younger piggies said to their older brother. "If it weren't for you, we would be in the wolf's belly!"

—Gracias —le dijeron los dos cerditos menores a su hermano mayor—. ¡Si no hubiera sido por ti estaríamos ahora en la panza del lobo!

the three little pigs
los tres cerditos

The next day, the littlest piggy and the middle piggy began to build new houses. This time they carefully laid the bricks, one by one. They had learned their lesson. Now they knew that "important things are worth being patient for!"

Al día siguiente, el cerdito pequeño y el cerdito mediano comenzaron a construir casas nuevas. Esta vez colocaron los ladrillos cuidadosamente, uno por uno. Habían aprendido la lección. Ahora sabían que "si es importante la meta, ¡más vale tener paciencia!".

bricks
los ladrillos

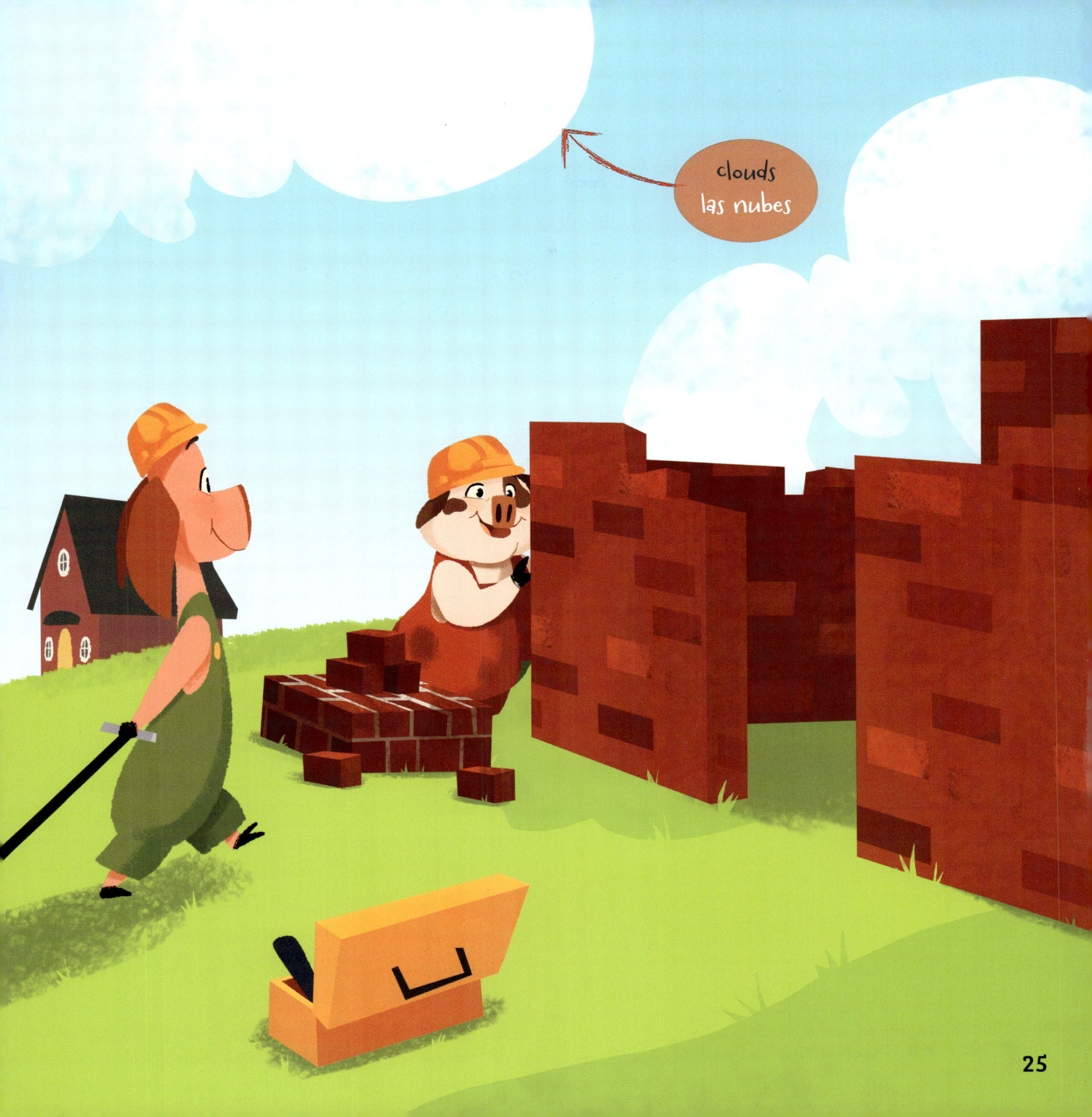
clouds
las nubes

How to be patient with THE THREE LITTLE PIGS

Cómo ser paciente con LOS TRES CERDITOS

IMPORTANT THINGS ARE WORTH BEING PATIENT FOR

What is patience?

Patience means waiting for something you want. It also means staying calm in situations you might not like. For example, you need patience to complete a puzzle, wait your turn in line, or learn a difficult skill. Doing a good job often means being patient!

What happens if I am impatient?

Sometimes you may not be patient. Maybe you really want to have something right now. Or you want to be the first one in line. Or you want to quickly finish something that you find boring. Don't worry! Patience takes practice. As you get older, it will get easier.

What can I do when I feel impatient?

If you feel impatient, let your parents or adults you trust know. Try to explain why it is important for you to get what you want. You can also imagine you have a balloon in your belly: Breathe in and blow it up five times. Put your hand on it to feel how it moves. Doing this will make you feel calmer. And it will help you be more patient too!

SI ES IMPORTANTE LA META, MÁS VALE TENER PACIENCIA

¿Qué es la paciencia?

Paciencia significa esperar por algo que quieres. También significa mantener la calma en situaciones que quizás no te gusten. Por ejemplo, hay que tener paciencia para completar un rompecabezas, esperar el turno en una fila o adquirir una destreza que te resulta difícil. ¡Hacer las cosas bien a menudo requiere paciencia!

¿Qué ocurre si soy impaciente?

A veces es difícil ser paciente. A lo mejor deseas obtener algo de inmediato o quieres ser el primero en la fila o deseas terminar una tarea aburrida. No te preocupes. La paciencia requiere práctica. A medida que crezcas, te resultará más fácil ser paciente.

¿Qué puedo hacer cuando me siento impaciente?

Si te sientes impaciente, díselo a tus padres o a personas adultas de confianza. Trata de explicarles por qué es importante para ti alcanzar lo que quieres. También puedes imaginar que tienes un globo en la panza: inspira e ínflalo cinco veces. Pon la mano sobre el globo imaginario para sentir cómo se mueve. Hacer esto te hará sentir más tranquilo. ¡También te ayudará a ser más paciente!

DON'T MISS

NO TE PIERDAS

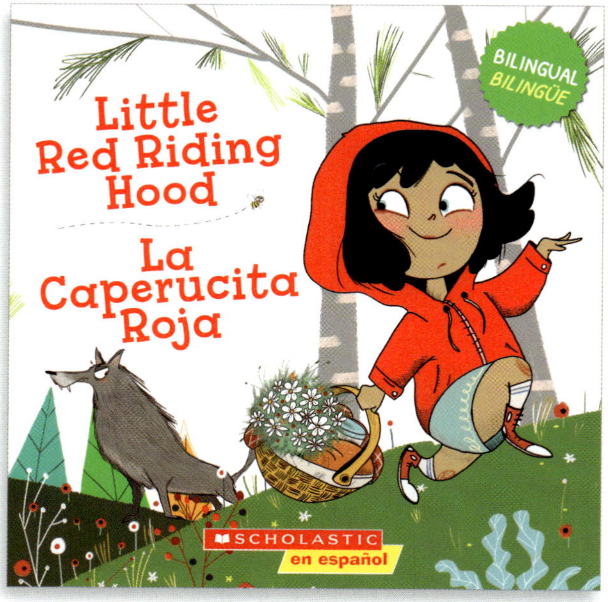
Little Red Riding Hood
La Caperucita Roja
BILINGUAL
BILINGÜE
SCHOLASTIC
en español